POEMS TO DREAM TOGETHER

POEMAS PARA SOÑAR JUNTOS

BY
FRANCISCO X. ALARCÓN

ILLUSTRATIONS BY
PAULA BARRAGÁN

LEE & LOW BOOKS INC.
NEW YORK

A mi papá, Jesús Pastor Alarcón (1922–2003); a los niños
que me han enseñado a soñar de verdad y a todos los que
no dejan de soñar un mundo mejor para todos —F.X.A.

Para mis papás, Milton y Jocelyn, XO —P.B.

To my father, Jesús Pastor Alarcón (1922–2003); to the children
who have taught me how to dream for real and to all those who
keep on dreaming up a better world for all —F.X.A.

For my parents, Milton and Jocelyn, XO —P.B.

Text copyright © 2005 by Francisco X. Alarcón
Illustrations copyright © 2005 by Paula Barragán

All rights reserved. No part of the contents of this
book may be reproduced by any means without the
written permission of the publisher.
LEE & LOW BOOKS Inc.,
95 Madison Avenue, New York, NY 10016
leeandlow.com

Manufactured in China by P. Chan & Edward, Inc., October 2016

Book design by Tania Garcia
Book production by The Kids at Our House

The text is set in Gill Sans
The illustrations were sketched using pencil, cut paper,
and gouache and then rendered digitally using Adobe Illustrator

HC 10 9 8 7 6 5 4 3
PB 10 9 8 7 6 5 4 3
First Edition

Library of Congress Cataloging-in-Publication Data
Alarcón, Francisco X.
    Poems to dream together = Poemas para soñar juntos / by
Francisco X. Alarcón ; illustrations by Paula Barragán— 1st ed.
    p. cm.
ISBN 978-1-58430-233-9 (HC)   ISBN 978-1-60060-657-1 (PB)
    1. Mexican American children— Juvenile poetry.
2. Mexican American families— Juvenile poetry.
3. Mexican Americans—Juvenile poetry.
4. Children's poetry, American. I. Title.
II. Title: Poemas para soñar juntos. III. Barragán, Paula.
PS3551.L22P64 2005   811'.54—dc22   2004020963

This collection of bilingual poems celebrates the connections children share with their families, communities, and all living things. There are humorous poems and more serious ones. There are poems about childhood experiences and poems about the future. There are also poems that will help you understand the importance of education, ecology, and peace.

Some of these poems came to me after working with schoolchildren who wrote about their personal dreams. Other poems reflect my own dreams or experiences of myself and my family.

My great-grandmother and her family came to the United States in 1917, escaping the turmoil of the Mexican Revolution. At first they were fieldworkers in Texas. Later they were one of the first Mexican families in Wilmington, California. My mother was born there, and over the years our family moved between California and Mexico. I spent my first six years in Wilmington. Afterward, I was raised in Mexico. That is why I wrote these poems in both Spanish and English.

California is a big dream come true for my family. My brothers, sisters, and I all went to college, and education has been a sure path to fulfilling our dreams and goals in life. I hope this book will give you joy and encouragement for your own wonderful dreams and goals. Keep on dreaming for good!

Francisco X. Alarcón

Esta colección de poemas bilingües celebra los lazos que unen a los niños con sus familias, comunidades y con todos los seres vivientes. Hay poemas humorísticos, y otros más serios. Hay poemas sobre experiencias de la infancia y poemas sobre el futuro. También hay poemas que te ayudarán a entender la importancia de la educación, la ecología y la paz.

Algunos de estos poemas se me ocurrieron luego de trabajar con niños que escribieron sobre sus sueños personales. Otros poemas reflejan mis propios sueños o experiencias mías y de mi familia.

Mi bisabuela y su familia vinieron a Estados Unidos en 1917, huyendo de la violencia de la Revolución Mexicana. Al principio trabajaron en los campos de Texas. Más tarde fueron una de las primeras familias mexicanas en Wilmington, California. Mi madre nació ahí y con los años, nuestra familia vivió en California y México. Yo pasé mis primeros seis años en Wilmington y después me crié en México. Por eso escribí estos poemas en español e inglés.

California es un gran sueño hecho realidad para mi familia. Mis hermanos, hermanas y yo fuimos a la universidad. La educación ha sido una senda segura para realizar los sueños y metas de nuestras vidas. Espero que este libro sea para ti una fuente de regocijo e inspiración para seguir tus propios sueños y alcanzar tus propias metas. ¡Nunca dejes de soñar!

Francisco X. Alarcón

SUEÑO PARA DESPERTAR

cuando sueño
que estoy soñando
estoy a punto de despertar

WAKING DREAM

when I dream
I'm dreaming
I'm about to wake up

EN MIS SUEÑOS

los búfalos rondan
por las praderas
libres otra vez

las ballenas
se vuelven cantantes
de ópera del mar

los delfines son
admirados por todos
por su ingenio y alegría

en mis sueños
no hay una palabra
para "guerra"

todos los humanos
y todos los seres
vivientes

se juntan como
una gran familia
de la Tierra

IN MY DREAMS

buffaloes roam
free once again
on the plains

whales become
opera singers
of the sea

dolphins are
admired by all for
their smarts and joy

in my dreams
there is no word
for "war"

all humans
and all living
beings

come together
as one big family
of the Earth

PREGUNTAS

las preguntas de verdad
no tienen respuestas
sólo más preguntas

QUESTIONS

real questions
have no answers
just more questions

SOÑAR DESPIERTO

soñar despierto:
otra forma
de pensar

DAYDREAMING

daydreaming—
another way
of brainstorming

UNA CEBOLLA FELIZ

me siento
como una
cebolla feliz

en vez de
hacer llorar
a la gente

ahorita
a todos
haría cantar

ONE HAPPY ONION

I feel
like one
happy onion

instead
of making
people cry

right now
I'd make them
all sing

PESADILLAS

a veces
los sueños

que ignoran
o excluyen

los sueños
de otros

se vuelven
pesadillas

NIGHTMARES

sometimes
dreams

that ignore
or exclude

the dreams
of others

become
nightmares

ADOBES

ADOBES

algunas
de las casas
más antiguas

cuando pasan
algunos años
familias enteras

que aún
se yerguen en
Nuevo México

se reúnen
con sus vecinos
y amigos

fueron
construidas
con pura tierra

antes de
las lluvias
para enjarrar

con adobes
que la gente
del pueblo

otra vez
los envejecidos
muros de adobe

hacía
con lodo
y paja

con una nueva
capa de barro
y paja

y extendía
para secar
al sol

los adobes
—como la gente—
requieren

como
enormes barras
de chocolate

de mucha
atención
y amor

some
of the oldest
homes

every
few years
entire families

still
standing in
New Mexico

their neighbors
and friends
would gather

were built
right out
of the earth

before
the rainy season
to plaster

with adobe
bricks that
townsfolk

once again
the weathered
adobe walls

made
from mud
and straw

with a new
layer of clay
and straw

and spread
to dry out
in the sun

adobes
—like people—
require

like some
really big
chocolate bars

lots of
attention
and love

PREGUNTA A MAMÁ

Mamá
trabaja
noche y día

cuando
me despierto
en la oscuridad

ella anda
ya levantada
en la cocina

"hijos—
ya les preparé
el desayuno

sírvanse y
¡limpien bien
por favor!"

nos dice
antes de irse
al trabajo

cuando regresa
Mamá vuelve
a cocinar

pero siempre
después
de la cena

todos
hacemos
una labor

unos se ponen
a fregar
los trastes

otros
colocan todo
en su lugar

a Papá
le toca sacar
la basura

Mamá
siempre tiene
algo que hacer

a veces
al final
del día

Mamá
se tiende
en el suelo

agotada
levanta los pies
para descansar

entonces yo
le quiero
decir:

"Mamá—
¿en qué te
puedo ayudar?"

QUESTION TO MAMÁ

Mamá
works day
and night

when I
wake up
in the dark

she is in
the kitchen
already

"children—
breakfast
is ready

help yourselves
and please
clean up!"

she says
before going
out to work

back home
Mamá again
cooks

but always
after every
dinner

each of us
has a house
chore to do

some
of us do
the dishes

others put
everything
back in place

Papá
takes out
the trash

Mamá
always has
a thing to do

sometimes
at the end
of the day

Mamá
just lies down
on the floor

exhausted
she raises up
her feet to rest

right then
I want
to say:

"*Mamá*—
what can I
do for you?"

JARDÍN FAMILIAR

en el patio
de nuestra casa
hay un jardín

que toda
la familia ayuda
a mantener

a Mamá le gusta
plantar y podar
rosales en flor

mi abuelita tiene
su yerbabuena
en un rincón

a Papá le encanta
salir manguera
en mano y regar

el limonero
las calabacitas
y los jitomates

que mis hermanas
cada primavera
hacen crecer

a mis hermanos y a mí
nos toca limpiar
y cortar el césped

todos en la familia
nos dedicamos a cuidar
los sueños de cada quien

hasta nuestro
perrito sabe
plantar huesos

en este jardín
el sol ilumina
sonrisas verdes

FAMILY GARDEN

in the backyard
of our home
there is a garden

all in our family
do our part
in maintaining

Mamá loves
to plant and nip
flowery rosebushes

Abuelita keeps
her mint herbs
in a small plot

Papá really likes
to come out hose
in hand and water

the lemon tree
the squashes
and the tomatoes

that my sisters
would grow
every spring

my brothers and I
in turn weed out
and mow the lawn

all in our family
take time to tend
each other's dreams

even our puppy
knows how
to grow bones

in this garden
the sun shines
green smiles

MI ABUELITA ES COMO UN NOPAL EN FLOR

cada otoño
los nopales
de mi casa
y del barrio
se llenan
de tunas

mi abuelita
canta alegre
cuando pizca
las tunas que
ella sabe están
maduras y dulces

con tenazas
y cuchillo
mi abuelita
pela tunas
—las delicias
del desierto

como sabe que
estas suculencias
también son de veras
mi fruta favorita
mi abuelita me guiña
el ojo sin parar

MY GRANDMA IS LIKE A FLOWERING CACTUS

every fall
the *nopales**
around my house
and neighborhood
are laden with
prickly pears

my grandma
sings with joy
when she picks
the prickly pears
she knows are
ripe and sweet

tongs and
knife in hand
my grandma
peels prickly pears
—the delicacies
of the desert

since she knows
these succulents
are also my favorite
fruits by far
my grandma can't
stop winking at me

nopales (cacti); plural
of *nopal* (cactus)

LA VIDA ES UN SUEÑO

mis padres a veces
se sientan con nosotros
para repasar

algunos abultados
álbumes de fotos
familiares

Mamá nos muestra
antiguos retratos
de su familia

no puede esconder
una tímida sonrisa
cuando le decimos:

"caray, Mamá
¡tú eras muy linda
de jovencita!"

ella pasa a su vez
fotos de cuando
éramos bebés

entonces, Papá
la besa y nos dice:
"la vida es un sueño"

LIFE IS A DREAM

my parents at times
sit down with us
to go over

some bulky
family photo
albums

Mamá shows us
old pictures
of her family

she can't hide
a shy smile
when we say:

"wow, *Mamá*
you were a very
beautiful girl!"

she in turn
passes around
baby photos of us

right then, *Papá*
kisses her and says:
"life is a dream"

IGUALES

todos somos
iguales

como piedritas
del río

cada uno
tan diferente

THE SAME

we are all
the same

like pebbles
in a riverbed

each of us
so different

BENDITAS MANOS

qué sería
de las peras
las manzanas
las almendras

las fresas
las uvas
y tantas
otras frutas

sin las manos
de los campesinos
que en largos días
de ardua labor

las cosechan
en los campos
sin importar calor
lluvia o frío

BLESSED HANDS

what would be
of the pears
the apples
the almonds

the strawberries
the grapes
and so many
other fruits

without the hands
of farmworkers
who in long days
of hard labor

harvest them
in the fields
despite heat
rain or cold

SOÑADOR DE LOS CAMPOS
a César Chávez (1927–1993)

para rebautizar esta escuela
como "Escuela Primaria César
Chávez", invocamos tu nombre
a las cuatro direcciones:

al norte y al sur
al este y al oeste—
les damos gracias a la tierra
a las nubes, al viento, al sol

repetimos: *"¡César Chávez!"*
para siempre recordar
la más importante lección
de tu vida —tu sueño mayor—

podemos lograr una vida
más justa y mejor para todos
sin violencia y con acciones
de solidaridad y en paz

al oír *"¡César Chávez!"*
escuchamos vivas las voces
y las risas de los campesinos
y sus familias una vez más

nos imaginamos aquí
hasta a los pizarrones
cantando "De colores"—
tu más querida canción

y te vemos en un salón
sentado entre los niños
con esa gran sonrisa tuya
escuchando la lección

DREAMER OF THE FIELDS
to César Chávez (1927–1993)

to rededicate this school
as "César Chávez Elementary
School," we call your name
to the four directions:

to the north and the south
to the east and the west—
we give thanks to the earth
the clouds, the wind, the sun

we repeat, *"César Chávez!"*
so we'll always remember
the most important lesson
of your life —your great dream—

we can really make life more
just and better for all people
without violence and through
actions in solidarity and peace

when we hear *"César Chávez!"*
the voices and the laughter of
farmworkers and their families
come alive to us once again

here we imagine even
the blackboards singing
"De colores" —the song
you always liked most

and we see you in class
seated among the children
following the lesson with
that big smile of yours

PARA SOÑAR MEJOR

imagínate acampar
al aire libre en las sierras
el desierto o junto al mar

escucha por la noche
las historias que cuenta
una fogata al arder

acuéstate afuera
y deja que tus ojos
se pongan a explorar

mira al cielo y recorre
las luminosas nubes
de la Vía Láctea

oye a las estrellas decir:
"un maravilloso sueño
todo alrededor"

cierra los ojos
y ahora prepárate
para saltar a un sueño

FOR BETTER DREAMS

imagine yourself camping
outdoors in the sierras
the desert or by the sea

at night follow
the fiery stories told
by a flickering campfire

lie down in the open
and let your eyes
do the exploring

look up and trace
the luminous clouds
of the Milky Way

hear the stars saying:
"one wondrous dream
all around"

close your eyes
and now get ready
to hop on a dream

PARA SOÑAR EL FUTURO

veámonos a nosotros
mismos en veinte años—
quién es ahora la enfermera
el doctor que pueden curar

quién es ahora la maestra
capaz de enseñar y a la vez
aprender de sus alumnos
el actor que nos hace reír

el abogado que defiende
al pobre, al inocente
la activista que lucha
por un mundo mejor

quién es ahora la madre
el padre que ayudan
a un hijo o a una hija
a no dejar los estudios

el científico, la artista
el poeta que sueñan con dar
—cada quien a su manera—
a viejas preguntas solución

la mejor forma de hacer
nuestros sueños realidad
es siempre soñar y soñar
y nunca dejar de soñar

DREAMING UP THE FUTURE

let us see ourselves
twenty years from now—
who is now the nurse
the doctor who can heal

who is now the teacher
who can teach and learn
from students as well
the actor making us laugh

the lawyer who defends
the poor, the innocent
the activist who strives
for a better world for all

who is now the mother
the father who help
a son or a daughter
to stay on in school

the scientist, the artist
the poet, who dream up
—in their own ways—
solutions to old questions

the best way for making
our dreams come true
is to dream on and on
and never stop dreaming

SOÑANDO JUNTOS

un sueño
lo soñamos
solos

la realidad
la soñamos
juntos

DREAMING TOGETHER

a dream
we dream
alone

reality
we dream
together